푸른시선 106

앉아서 사는 의자

최 윤 희 시집

푸른사상
PRUNSASANG

최윤희

2012년 『순수문학』으로 작품 활동을 시작했다. 이준 열사 추모 백일장 은상, 마포
문화원 백일장 장원, 서울시 해오름 백일장 은상을 받았다. '푸른 시 울림', '예촌' 회
원으로 있다. 현재 명지전문대학 문예창작과에 재학 중이다.

잊어서 사는 여자

초판 인쇄 · 2015년 11월 19일
초판 발행 · 2015년 11월 24일

지은이 · 최윤희
펴낸이 · 한봉숙
펴낸곳 · 푸른사상사

주간 · 맹문재 | 편집 · 지순이 | 교정 · 김수란
등록 · 1999년 7월 8일 제2-2876호
주소 · 서울시 중구 충무로 29(초동) 아시아미디어타워 502호
대표전화 · 02) 2268-8706(7) | 팩시밀리 · 02) 2268-8708
이메일 · prun21c@hanmail.net / prunsasang@naver.com
홈페이지 · http://www.prun21c.com

ⓒ 최윤희, 2015

ISBN 979-11-308-0583-2 03810

값 12,000원

앉아서 사는 여자

한글의 혼

한글의 혼이여, 전 세계를 물들이라

민둥 텃밭에
고추 씨앗을 심어
김매고 땀 흘려 가꾸었습니다.
아직 영글지 못한 풋고추 한 소쿠리
여기 담아 내놓습니다.

2015년 11월

최윤희

| 차례 |

■ 시인의 말

제1부 봄이 오는 소리

제2부 바람의 꿈

제3부 가을 끝자락

제4부 꽃이 말한다

■ 작품 해설   사랑 속에 보이는 슬픔의 뿌리 ― 류재엽

제1부
봄이 오는 소리

수련

목이 얼마나 타면
물속에서
청춘을 보낼까

이슬방울 영롱한
수련 잎 위에
청초한 여인

커다란 생의 바퀴 위에서

그의 책상

그가 오늘도 책상 앞에 앉아 있다
그의 책상 위를 만물상이라고 부른다
그리고 큰아들이 그려준 초상화
여러 곳에서 모여든 편지
여러 가지 이름을 가진 책들이
책상 위를 가득 채운 이곳은
그가 제일 소중히 생각하는 그만의 박물관이다

그가 가끔 땡그랑 하고 초인종을 울리면
아— 어머니 생각을 하나 보다
짐작으로 안다

점심 식사 후 그는 책상 앞에 앉아서 신문과
대화를 나누며 꿈속으로 여행을 떠난다

그는 수려한 이목구비 훤칠한 키

보는 사람마다 부러워할 정도로 손색이 없다

그러나
세월의 무상함이 그를 가만히 둘 리가 없다
움푹 팬 눈과 관절의 고장으로 늘 속을 태운다

이제 목이 좁은 여울에서 긴 여행의 피로로 쿨럭댄다

홍시

시골 마을 한낮은 감으로 익다

가을 햇살에 아기 볼처럼 곱게 물든 홍시

온몸을 서리에 묻고 깊은 잠 자다

눈 오는 날 깨어나 쟁반 위에 앉아 있다

꽃비

꽃비가 몸을 적셔주면
꽃망울로 움터

잠시 머물다
화사하게 흩어지는
미소

세월의 흔적
살포시 보듬고

두 줄 햇살로
잔잔히 부서지는
꽃비 속에

노랗게 번지는 그리움
그 절제된
희열

내 조국의 이름으로

구국의 혼불로 달구어진
열사님의 뜨거운 피
조국의 누란 위기 쓸어안고
도도히 한강 위로 흐르고 있다

남산 위에 타워는
열사님 그리워 향수에 젖고

수유리 무덤 가엔
병풍처럼 서 있는 무궁화꽃
울분의 분출인 듯
핏빛 울음 토하는데

가슴에 맺힌 피 끓는 의분
태양으로 화하여
우리 가슴속에 꽃을 피운다

동쪽에 외로운 섬

독도도

그 정성 이어받아

우리 땅 동해 바다를 지키고 있다

단풍잎

여름을 걸어온 파란 잎들의 사랑은
햇살로 쏟아져 쏟아져
잎사귀 위에서 속삭인다.

가을 산 중턱에 앉아 있는
네 눈의 고요를 보고 다가갔다

그리움 하나둘 잎사귀 위에
얹어놓고
네 입가의 미소를 보고 가까이 갔다

계절의 만삭으로 떨어지는 색색의 단풍잎

젊은 여인 자궁에서
탯줄을 밀어내고 고개를 내미는
여린 목숨들

가을바람에 실려 햇살은 출렁이고
단풍잎은 몸살로 산사에 몸을 눕힌다

너무나 예쁜 꽃

솔향기 가득한 숲 속을 혼자서 걸었다
솔 향에 취해 그저 생각에 잠겨 있었다

숲 그늘 속에서 작은 꽃을 보았다
별처럼 반짝이고 아기 눈동자처럼 아름다운 꽃

너무나 예쁜 꽃 손으로 잡으려 했다
아이 무서워요 나를 꺾지 말아요 슬퍼져요

나는 생각 끝에
뿌리째 꽃을 뽑아 우리 집 화단에 옮겨 심었다

그 꽃을 찾아오는
햇빛
바람
비 동무 삼아
매일매일 몸을 불리며 늘― 꽃을 피운다

봄꽃 화사하게 핀 화단에 낙관처럼 찍어두고

앉아서 사는 여자

오늘도 헐거운 하루를
장바닥에 앉아 남새를 파는 여자
고사리 도라지 냉이 달래 펼쳐놓고
오가는 사람들에게 눈웃음 지으며 손을 쉴 새 없이
움직이는 그 손끝에는 시금치의 떡잎이
떨어지고 파란 잎이 춤을 춘다

젊은 아낙이 다정한 목소리로
아주머니 고사리 한 근 주세요
갈꾸리 같은 손으로
봉지에 고사리 넣어 저울에 달아주며
많이 준 거여
엷은 미소 짓는 눈가에 노을이 탄다

해질녘 땅거미 장바닥에 내리면
푸성귀 속에 쏟아버린 하루를 툭툭 털어내고
삭신이 쑤시는 무거운 다리를 한 발 한 발 옮기며

집으로 가는 발걸음이 무겁다

그러나
또
내일이면 새파란 푸성귀 속으로 걸어 나올
그녀는
앉아서 사는 여자

어머니의 바다

남편을 동해 바다에 묻고
삼십오 세 어머니는
오 남매를 데리고
따뜻한 남쪽 땅에 왔다

자식들 등에 업고
태풍과 비바람 맞으며
흘린 눈물의 무게만큼
한숨으로 주름진 날들
생의 끈 놓을 수 없었던
어머니

아픈 세월
홀로 버틴 어머니의 삶
꽃잎처럼 풀어놓고
고향 가까운 동해 바다에서
한 줌의 재로

파도 타고 너울너울

멀어져갔다

슬픈 생 가지런히 빗기신

가르마 곱던 어머니

몽매 그리던 임의 품에

사뿐히 안겨 가셨다

봄이 오는 소리

봄바람이 볼을 스치고 지나갑니다 추위를 이겨낸 나무들이
바람을 안고 다가옵니다 개천가 둑길에 벚꽃나무 가지 위로
낮달을 끌어다 덮습니다 바람은 졸고 있는 나무를 사정없이
흔들어 깨웁니다

불광천 속 청둥오리들의 사랑이 꽥꽥 하루 종일입니다 빌딩
숲 밖으로 손을 내놓은 나무들 자동차들이 소음을 내며 강 쪽
으로 사라집니다

젊은 색시가 아기를 안고 남편을 돌아보며 웃음을 지을 때
아기의 숨소리 귓속으로 스며들며 엄마의 가슴은 가볍게 부풉
니다

길섶에 어린 들꽃들이 기지개를 펴는 동안 강을 건넌 햇살
은 회색 빌딩 위에서 침묵으로 하루가 편안하였습니다

거짓 없이 쏟아지는 아름다운 햇살 위로 지상에 웃음꽃들이

수북이 쌓입니다 은빛 금빛 장신구에 색색의 티셔츠 입은 꽃
들이 온 누리에 수많은 꽃등 달아주며 봄을 모종 중입니다

인연

매실 향
새콤한 여운을 남긴
연초록 사랑의 인연들

달콤했던 청춘
어느새 걸러져 나가고

아픈 기억들
타다 남은 재처럼
가슴 밑바닥으로 가라앉는다

가을바람
또 다른 사연 끌고 와
창문을 두드리고

세월은 구멍 난 생을

옷자락 꿰매듯 이어 붙인다

하얀 은가루를 어깨에 두른
각각의 인연들을
가슴에 모아 모아 주워 담는다

잣나무 숲에서

무더운 여름 땀이 등줄기를
타고 흐르는 더위에
갈 길 바쁜
매미는 목 죄어 운다

바람 품은 잣나무 숲에
이틀 밤을 지낼
움막집을 만들어놓았다

모닥불 지피고
아들, 손자, 며느리 앉혀놓고
도란도란 할아버지 역사는
거슬러 올라 끝이 없다

쏟아지는 별빛
밤 물결에 담고
맨발을 물속에 담그고

고부는 인생을 엮어간다

산새도 깊이 잠든 검은 숲
흐르는 공기에 실린
송진 내가 가슴속까지 스며들고
고요한 잣나무 숲도 하품을 한다

삶의 선상에 서서

떠나기 싫어 미적거리는 겨울을 밀어내고 춘분이 오고 있다

창문을 열어 겨울 내내 동거했던 묵은 공간에 봄 향기 가득히 채워보리라

흙 속에 서렸던 얼음 서리가 녹아 새 생명의 잉태를 준비합니다

겨울을 견뎌온 날들 휘적시는 봄바람 간지러워 계절은 새벽을 깨웁니다

낮과 밤의 한가운데 선
춘분
삶의 선상에 서서
팔 벌려

첫봄을 맞이하리라

여자의 노래

부엌에서는
언제나 물소리가 나요
한 여자가 식구들을 위해
잡곡으로 밥을 짓는 냄새
한 여자의 사랑이
가슴들을 위해
청국장 끓이며
간을 맞추는 냄새
부엌에서는
물이 흐르는 잔잔한 운율이
양식이 되어
자식들은 한 뼘씩 키를 올리고
한 여자는
오늘도 촛불같이
자기 몸을 태우며
부엌에서 시를 쓰고 있네요

할미꽃

논두렁 위에
고개 숙인 할미꽃

눈여겨보는 이 없는
언덕에 앉아
기다림의 시간을
겹겹이 펼쳐놓고
행여나 오려나
사립문 열어놓고
멀리 떠난 자식들
키 큰 산 그림자
어둠에 묻힐 때까지
손꼽아 기다리던
등 굽은 나의 어머니

희뿌연 유리창에
일렁이는 그림자

동백 꽃잎만큼
붉은 노을에 젖어 있다

수수하게 박혀 있는
한 폭의 수묵화 속
어머니 닮은 꽃 두어 송이

한강이 흐르는 마포

은빛 물결 찰랑대는
한강 마포나루
세월이 흘러도
늙지 않는 그 이름

강 건너
하늘공원
키보다 높은 억새들이
햇빛을 가르고

유유히 흐르는 강물에
깊은 꼬리를 제 입에 물고
뒤척이는
강 건너 불빛

남산에 업힌 빌딩들은
어둠을 덮고

잠들고 있다

밤섬
언저리로 안개를
토해낸 강물은

오천 년의 세월을 서성이고 있다

제2부
바람의 꿈

노을

누가 그어놓았나?

주황색 꽃수레 위에 풀잎은 시를 쓰고 있다

동행

찻잔 속

추억 쌓이고

낙엽 쌓이고

흰 눈 쌓이고

그리고 나이 쌓이고

아쉬움과 그리움이 쌓인다

여기 함께 동행할 당신

사랑의 발자국마다

차곡차곡 쌓인 기억들

그리움 머무는 곳

오직 생명의 환희

그리고

성숙

어머니의 삶

목화꽃 필 때 어둠을 빗질하며 자식들 보듬느라 수천 번 주린 배를 치마끈 동여매고 폭풍우 몰아치는 모래 벌판을 걸어온

어머니

눈 내리는 저녁 굴뚝에는 연기조차 나지 않고 어머니 가슴은 까맣게 탄다

목화꽃 실을 뽑아 무명베 만들어 자식들 처마저고리 지어 입혀주던 어머니의 매운 세월 넘어

얼어붙은 칼바람 살결이 시리고 하늘보다 무거운 고요를 마당에 깐다

어머니의 시린 삶 목화꽃 두어 송이 그리움의 모서리에 침전해 있다

추석날

　생각만 해도 가슴속 깊은 곳에서 피어오르는 가족이란 이름
　노부부의 황혼을 박음질하는 실눈 가에 함박웃음이 파도를
친다
　피와 살을 같이 나누어 받은 끈끈한 살붙이들 늘 가슴속에
똬리를 틀고 있다
　명절이 되면 하나둘 모여와서 둥글게 둘러앉아 지난 얘기
도란도란 들춰내면 웃음꽃 방 안에 수북하게 쌓인다

　뒷산 부엉이 울음소리 밤을 재우고

　추석날 할아버지 할머니 조상들도 뵈옵고 자손들과 함께 어
우러져 따뜻한 시선 주고받으며 또 다른 무지개를 그려본다

가을 강가에 서서

강물의 웃음소리 모아주던 바람
강둑에 앉은 갈대들 깔깔거리고
국화꽃 머리 위로 가을이 떠다닌다

저절로 불타오르던 색색의 단풍잎
비처럼 쏟아지는 가을 끝자락

는개비 젖은 골에 은빛 억새 목 조아리고
여울 소리만이 가득할 뿐

세월의 한 페이지에 낙관을 찍고
방향을 읽고 달려오는 허허한 마음
동백 꽃잎만큼 붉은 꽃수레를 붙들고 있었다

그 이름 독도

동쪽의 망망한 바다 위에
의좋게 마주 선 두 개의 점
그 이름
독도

수평선 위에
붉은 태양 떠오르면
이 땅의 역사를 몸에 품고
당당하게 서 있는 우리 땅
독도

갈퀴를 세워 달려드는 파도를
온몸으로 받으며
이 땅
동쪽 바다를 지키고 있다

독도

네 비록 작은 몸일지라도

칠천만의 기상과

숨결을 품고 있으니

크나큰 섬

그 이름 독도

네 잎 클로버

강물이 흐르는 길섶에서 몸 어딘가에 행운의 열쇠를 품은 틈이 있어 이파리들은 살랑살랑 바람을 붙잡는다

인기척에 놀라 입을 오므리며 얼굴을 숨긴다. 그래도 사정 없이 쳐들어오는 사람들의 손에 귀가 걸려 땅속으로 몸을 맡기고 숨을 고른다

사람들은 나를 살그머니 잡아서 들면 날까 불면 꺼질까 조심조심 지식의 침대 위에 눕혀두고 소식이 없다 방향을 잃은 네 잎 클로버 숨이 막히거나 심심하지 않다

연골을 오므렸다 펴는 네 잎 클로버의 귀들 조용한 언어로 외계의 소리들을 채집한다

화창한 대지 위에 몸을 모종하며 네 행운의 열쇠를 소외된 이웃들에게 나눠주리라

디딜방아

새들이 바람과 함께 풀피리 불며 놀던 곳 푸른 계절 속 생각들을 모아 모아 소쿠리에 담아본다

바람이 벽을 세운 황토 방앗간에서 먹거리를 찧어내는 디딜방아가 수고를 다하면,

어머니의 손끝에서 살아난 먹거리들은 새들의 뼈와 힘과 키를 늘린다

어린 새들이 몰려와 빛의 마개를 열면 바람 소리 나는 매듭은 풀리지 않고 처마 끝에서 하현달만 서성거린다

어머니는 열쇠 꾸러미 한번 가진 적 없고 가슴으로 토해낸 한숨만 담을 넘는다

고부라진 허리는 펴질 날이 없고 사대 봉제사 날짜만 한 철도 쉬지 않고 어깨를 무겁게 누른다

늙은 디딜방아는 아직도 낡은 그대로 늙어 있고 어머니의 슬픈 삶 아직도 슬픈 그대로 젖어 있다

디딜방아와 같이 전설이 된 어머니의 시린 삶 고방 속에 노숙의 아픔으로 늘어져 있다

무말랭이

무의 행복지수는 무 잎에 있다 몸 어딘가에 비타민을 삼키는 틈이 있어
이파리들은 반짝거리는 의성어를 갖고 있다

배 속 같은 무를 납작납작 썰어 평상 위에 가지런히 눕혀놓았다 비유에 깃들어 사는 무의 수분을 말리려고 가을 햇볕이 몸을 부비며 들어와 무 살점 위에 햇살 맛 편편히 뿌리고 간다

햇볕이 사정없이 쏟아져 내리는 날은 연골을 오므렸다 펴는 무말랭이 귀들
양지의 문을 열고 소리들이 피어나고 있다

무의 수분이 서서히 날아가고 쪼글쪼글한 무말랭이 어머니 입가 주름 위로 아픈 생이 얹히는 이 가을 귀뚜리는 넉넉지 못한 헛간에서 구슬피 울고 있다

바람의 꿈

목단꽃이 아니어도 좋으니 혹한을 견딘 무궁화나무 그 힘든 노력이 헛되지 않게 해달라 빌었습니다

독수리가 아니어도 좋으니 바다 위를 나는 갈매기의 소망이 헛되지 않게 해달라 빌었습니다

곳간에 쌀이 적으면 적은대 로 길손들의 허기를 같이 채워주는 사람이 되라 빌었습니다

몸이 아파 방바닥을 업고 있어도 좋으니 내 안에 저것들의 어깨에 얹힌 짐 다 안고 가게 해달라 빌었습니다

내 안에 숨긴 고운 무궁화 꽃잎 저것들이 가는 길 위에 뿌려달라 빌었습니다

많이 더 많이 저것들과 같이 숨 쉴 수 있게 해달라 두 손 모아 빌고 또 빌고 또 빌었습니다

비의 노래

비가 문자를 가져간다
그것은 창문에 연서를 쓰는 비의 노래

여우비 뿌려 겨우내 찌든 때 말갛게 씻어주는 비의 노래
몸에서 몸으로 혼탁한 피를 씻어주는 비의 노래

부드러운 향기로 가슴속에 살짝 스미는 비의 노래

봄바람 불어오며 그대와 같이 사랑의 눈 틔워주는 비의
노래
당신의 깊숙한 뿌리 가지 끝 잎사귀 볼까지 적셔주는 비의
노래

산이 산을 업고 겹겹이 누운 숲 속 다람쥐 한 놈 기웃거리고
저절로 불타오르던 애기 단풍잎 비처럼 쏟아지는 가을비
노래

짓궂은 왕벌 떼처럼 달려드는 하얀 함박눈 머플러처럼 두
르고

후뚝뚝 쏟아지는 겨울비 노래

해거름녘 강물조차 붉은 심장이 되어 출렁인다

일부리 녹동*에서는

가조면 넓은 들
늘 살아 있어 출렁이는
푸른 생명의 땅

초가집 사이사이
호수 닮은 동네에
추억들이 일어서 거닌다

유년의 어디쯤에서
세청산** 연못에
빠져버린 이야기들
성처럼 쌓였다

지난날 아쉬워
가던 시간들
길 위에 두고 칠월의
아직 수줍은 연꽃 송이들

서로 기대어 피고 있다

머지않아 다가올
황혼의 그리움 저편
오래된 고향을 만나고 있다

* 일부리 녹동 : 거창 고향의 지명.
** 세청산 : 거창 고향에 있는 산 이름.

오솔길

그해 봄 내내
꽃은 사랑으로 피어 있었다

길섶에 다소곳이 피어 있는
이름 모를 야생화
아낌없이 뿜어내는
초연한 향기는

산 언저리 황톳길 걸을 때
숨죽여 흐르는 계곡물 소리
뜨거운 가슴을 식히고
서로의 체온을 건네며

새벽으로 치닫는
달그림자 속
연인들의 머리 위로 별들도 시를 쓴다

등대

난 바닷가에 서서
세차게 부서지는 파도 소리 친구 삼아
외로운 바다 위에 길 잃은 배들
길을 밝혀주는 별이 되리라

난 바닷가에 서서
물안개 속으로 날아가는 흰 구름 따라
어부들의 고단함 씻어주는
바다 갈매기가 되리라

난 바닷가에 서리라
쓸쓸한 집시처럼 외로움 가득히
칼바람 불어대는 바람 길 따라
풍랑에 몸 떨고 있는 소복의 여인처럼

재래시장

빈 그림자만이 혼자 지키는
재래시장

세월에 밀리고
생의 무게에 묻혀
자꾸만 빛에서 멀어지기만 한다

사람들이 점점 길을 떠나고
후미진 골목길 가로등처럼
쓸쓸히 앉아 있다

어둠이 내릴 때쯤
사람의 발길은 뜸해지고
흰 눈만이 가득 찬
재래시장

주름진 할머니 야윈 웃음

썰물 빠져나간 바다처럼

뼛속까지 숭숭히 파고드는

시린 찬바람만이

빈 재래시장을 서성이고 있다

겨울나무

시린 나무들은
바람과 구름 안고 서 있다

지쳐버린 잎새들
앙상한 가지마다
바람과 햇볕을 불러
체온을 데운다

뼈만 남은 육신들
저녁 허기 속을
달빛으로 채우고
냉기 먹은 바람
나무를 훑고 지나간다

어둠이 내리면
별빛은 여전히
바람에 출렁이고

가랑잎 스치는 저녁

기진해버린 나무들은

혹한 속에서

봄에게 긴 대롱을 펴서 피를 전한다

새해 인사

스마트폰에
새해 축복의 글들
눈처럼 소복하게 쌓였다

빛나는 문구 하나

아버님 어머님
올해에도 건강하세요
아들들의 메시지

오냐, 고마워

동녘에 솟아오르는
붉은 태양처럼
가족의 힘찬 빛 되어다오

새해 첫날에

제 3부

가을 끝자락

초승달

푸른 바다 속

고기들과 얘기하고파

오롯이 등 구부리고 성모상처럼 웃고 있네

시간 저편

'들'이 온종일
호랑이 같은 눈을 뜨고 있었다

막막하고 두려웠지만
그러나
마음을 조이고 또 조이면서
온몸으로 우는 '들'과
부딪히는 갈등 속에서도
어린 양들은 태어났다.

"눈 시린 소금밭의 짠맛보다도
더 매운 겨울" 칼바람보다 차가운
시집살이
가슴은 소리 없이 타고
며느리의 마음속은 까맣게 멍든다

쉼 없이 흘러가는 세월 속

맏며느리 머리 위에 눈이 내리고
겨울의 짧은 해가 걸려 있다

'들'의 그 허전함
수평을 둥글게 껴안고 넘어가는
꽃수레 위에서
분신의 옷자락을 건네주던
어머니
신산스런 세상살이의
무게와 세월의 앙금이 전이될 때

시간 저편을 돌아보며
삶이란 후회다

* 김남조의 「겨울사랑」에서 차용.

고향

눈을 감으면 언제나 당신이 걸어옵니다 내 얼굴 내가 볼 수 없어 거울을 보듯 무수한 시간 한 자세로 묵묵히 서 있는 당신 모습에서 어머니를 봅니다

햇병아리 솜털도 마르기 전 가난의 낚시에 걸려 기진한 모습 당신이 더 많이 간직하고 있지요 긴 그리움으로 침묵하며 기도하는 당신 보고픈 마음 밀어내는 시간 너무 길었습니다

찔레꽃 논두렁에 봄 불태우면 새순 잘라 먹으며 허기 채우던 날 길을 찾아 떠난 타향에서 천둥 번개 몰아치고 폭설이 나려 발목을 잡을 때도 당신은 언제나 내 곁에 있었습니다

어디서나 그리워하며 생이라는 그릇 안에 흔들리지 않은 기억들이 넘실댑니다

초인종

골다공증 숭숭한 몸 침대 위에서 역사를 쓴다 돌아보면 생이 없는 무덤 속 무덤과 창문은 늘 같이 있다

골다공증 숭숭한 몸속에 물이 가득 차면 떨리는 손으로 초인종을 누른다 초인종 소리는 바깥을 이어주는 통로 초인종 소리에 깜짝 놀란 남편이 뛰어가서 어머니를 안고 소피실로 달린다 소피를 쏟아낸 어머니는 힘겨워 팬 위에 파전처럼 열을 토한다

혹시 어머니가 부스스 무너지는 날에는 눈 내리는 허공 속에서 방황하고 아들의 흩어진 두뇌가 길을 잃으면 천장에 달린 등이 눈물 흘린다

방 안에선 어머니가 잃은 언어들이 연기 없이 타고 열꽃 핀 눈 속에 아들의 모습을 담으며 힘을 다해 당긴다 초인종을 아들에게 건네주고 어머니의 가쁜 숨소리 창문을 넘나든다

강물

그대와 함께 손 꼭 잡고
두 사람 서로 같이 물길을 튼다

그대가 슬퍼지면 가슴이 메어지고
기뻐서 출렁이면 맑게 빛나는 물살같이
따뜻한 시선과 평화스런 얼굴 위로
또 하나 무지개를 그린다

품 안의 혈육들은
강물 따라 제가끔 성장하여
또 다른 가족을 이루고
그 웃음소리 강 저편에서 들려온다

어색하게 열린 물길은 맑고 출렁이지만
물을 보내고 물을 맞으면서
두 손 꼭 잡고
흔들리지 않은 너희들의

뒷모습을 보고 믿음을 보낸다

넘치지도 마르지도 않은
의연한 강물이 흔할 수 있으랴
때로는 치솟고 때로는 낭떠러지로
그러다간, 잔잔히
그것이 강물의 흐름이 아니던가

물길은 언제나 움직여 흐르는 법
그러나 물은 다시 되돌아오지 않는다
저 넓은 바다를 향하여 우리 그렇게 흘러가자

꿈을 꿈꾸다

매트에 스위치를 꼽고 몸을 눕힌다
시선을 천장에 두고 잠을 청한다

……소설가, 시인, 미술가, 음악가 등……

친구들과 문학 탐방을 떠났다

산이 산을 업고 겹겹이 누운
산야는 한 폭의 그림이다
미시령 협곡을 들어섰을 때
개울의 웃음소리 모아주던 바람의 노래

협곡과 등선에 앉아 있는 단풍나무들과 눈을 맞추고
자연의 마술에 도취되어
정신을 빼앗기고 감탄사만 토했다

한적한 산사에 자리를 잡았다

오늘 시제는 꿈

모두들 즐거운 마음으로 꿈, 꿈, 꿈 하며

삼삼오오 자리를 잡고 시를 쓰기 시작했다

나는 꿈, 하고 시를 쓰는데

글이 보이지 않는다.

아— 어찌 된 일이야 눈을 떠본다

꿈, 꿈, 꿈이었구나

연잎 위에 서서

이제 일어나 가리 일부리 녹동에 가리 황토 내음 은은한 두 줄 삼 칸 집 짓고 창호지 문살에 단풍잎 붙여 바람 가두고 장독대 옆 봉선화 맨드라미 피어 있는 마당 덕석 위에 홍고추 말리는 그곳에서 사르리

그곳에서 맑은 공기 따가운 햇살 벗 삼아

밤하늘에 쏟아지는 별빛을 베고 희미한 옛 생각 끝없이 펼쳐져 툇마루 위에 앉아서 별을 헨다

멀리서 들려오듯 귀뚜라미 울음소리 가득한 곳 그곳에서 조그만 평화를 맛보리라 평화는 조용히 찾아오는 것

세청산 소나무에 그네를 매고 삼베 치마 휘날리며 그네 타던 곳 부모 형제 옛 친구들과 그곳에서 같이 살고파

이제 그곳에서, 밤이나 낮이나 잔잔한 연못 속 연꽃들 웃음소리 들리나니 둑길 위에 서 있을 때나 연잎 위에 서서 내 마음 깊숙이 평화를 누리리라

그대 앞에서

따스한 바람이 볼을 스치고 지나간다
문살에 걸린 낮달을 끌어와
빛 부신 햇살을 방 안에 가득 채우고
그대와 나무들은 바다로 달려간다

나무들은 바다에다 피를 뿌리고
바다에서 빛나는 별들을
하나하나 건져 올리며 풀무를 돌린다

아버지와 아이들은 바다 위에서
자전거를 타고 힘차게 달린다
그네들의 심장 박동을 들으며 안도를 했다

그대는 내 입가의 미소를 보고 가까이 다가와
축 처진 어깨를 살며시 안아주며
그의 입김이 귓속으로 스며들 때
별빛은 등대처럼 긴 항로를 밝혀준다

내 아들아

준아!

벌써 너는 아버지가 되었구나

나는 할머니가 되었고

예쁘게 가꿔온

내 품 안의 동산에

세 그루 석류나무 심은 지 몇 해였던가

주렁주렁 달린

여덟 개의 열매가

무슨 색으로 물들고

무슨 향으로 익어갈까

할머니 바람은 크고 무거우나

모든 것 접어두고

지금까지 커온 대로

올곧고 예쁘게 넓은 세상 달려가거라

쓰개치마 얼굴 가린 아리따운

조선의 여인 같은

세 며늘아기들아

참으로 우리들의 귀한 만남

가슴 깊이 보듬고

석류 맛 같은 달콤한 가정을 만들어가자

성준아, 상준아, 세준아

화용아, 성아야, 영란아

어머니의 손

이 세상 모든 어머니는 가슴에 새끼라는 씨앗을 간직하고
있다

눈 쌓인 새벽길을 물동이 이고
우물물 길어 오던 길가에는 새끼들이 아장아장 걸어가고
있다

캄캄한 그믐밤 속에서 길 잃은 철새처럼 마른 눈물 쏟아내며
진자리 마른자리 가려가며 길러주신 어머니 손

겨울날 볏짚 같은 가슴에 안겨 있는 새끼들에게
갈고리 같은 손으로 여린 몸 다독이며 안아주던 어머니 손

주고 또 주고 다 주고
텅 빈 항아리 속 같은 허전한 가슴 쓸어 만지며
새끼들 가는 길에 희망의 등불 밝혀주던 어머니 손

부엉이 울음소리 들려오면 어머니의 따뜻한 품속에 폭 안겨
보고파라

도마와 도마 사이

노랫소리가 난다 부엌 바닥으로 볕들이 내려와 앉는다 셀수 없는 날들을 지나는 동안 바다의 비린 내음에도 매운 고추를 다져도 그 자리 지키며 재채기하지 않고 눈물만 흘린다

박달나무 도마는 자존심이 잘게 다져지고 무수한 난도질에 몸이 깎이고 움푹 파여서 곪아터진 상처들 햇빛과 바람에 말리며 무거운 짐 내려놓는다

문명의 발달로 태어난 아크릴 도마는 박자도 맞출 수도 똑같이 썰 수도 있답니다

아크릴 도마는 무수한 난도질에도 아파하지 않고 화사하게 웃음 지으며 꽃들이 만개한다

경쾌한 칼 소리와 왈츠 리듬에 맞춰 음악 소리가 집 안을 가득 채운 부엌에서 아름다운 이미지로 한몫을 한다

먼 옛날 생각들이 잔잔한 안개처럼 내려앉은 부엌에 도마와

도마 사이 묵은 상념 지우며 상큼하게 목욕하고 비스듬히 기
대앉은 도마 위로 햇살과 바람이 하늘로 길을 연다

순아

봄꽃 지는 어느 날
어지럽게 떨어지는 꽃잎처럼
뒤도 돌아보지 않고 황망히 떠난
너를 불러본다

무엇이 그리 급했던지
제 어린 자식 매몰차게 남겨놓고
숨도 차지 않은 듯 언덕을
사뿐사뿐 떠나버린 너

이제 네가 떠난 빈자리
봄꽃은 여전히 피어 웃고
상처 난 곳마다
채워져가는 새살들
시간은 그렇게 흘러가고 있지만
너를 향한 그리움은
제자리 지키지 못한 채

오늘도

목을 길게 늘인

석상이 된다

가을 끝자락

느릿한 산자락 옆구리 끼고 돌아가는 들녘
태양이 숨 고르는 들판에 별빛이 내리고

농부들의 시름과 행복을 주는 벼들을 살찌우는
풍요로운 가을 들녘

그 집에는 물에 젖은 빨래들이 바람에 흩날리고
구름을 밀어낸 햇빛이

초가지붕 위에 앉은 조롱박 몸 늘이고
잠자리 떼는 마당을 맴돌다 사라진다

곳간 문이 열리고 닫힐 때마다
그 속엔 땀의 결실이 차곡차곡 쌓여간다

어머니의 고단한 몸 아랫목에 눕히면
관절마다 아려오는 가을 끝자락

섬돌에 벗어놓은 신발이 한기를 느낀다

신발장

작은 아파트 현관문을 열고 들여다보았다 그가 왕성했던 시절 그를 신고 부지런히 뛰고 도왔던 두어 척의 전투함이 고개를 꺾고 앉아 있었다

하얀 선체의 멋진 요트도 먼지를 덮어쓰고 오랜만이네요 하며 고개를 돌린다 아들들이 사다준 화물선도 깜짝 놀라 뒤를 돌아보았다

오랜만에 전투함과 요트를 타고 명동 바다로 향했다 그 바다에는 육중한 유람선이 황금 알을 부려놓고 휘황찬란한 네온사인 불빛 아래 지폐가 바다 위에 파도를 친다

그와 같이 아들들이 사다준 화물선을 타고 눈을 맞고 태풍을 만나도, 파도를 넘고 또 넘는 동안
아— 내 삶의 뒤꿈치가 이 센티쯤 닳아 있었다

제비

어미 제비
공중을 휘둘러 처마 밑으로
날렵하게 들어온다
노란 입을 벌린 새끼들의
키를 늘리려는 처절한 모성

그 속에 내 유년의
삶이 부옇게 그려진다

호롱불 희미한
아랫목 이불 속에
몸을 묻은 형제들
어머니께서 가져온
홍시
우리들 허기를 채워줬다

늘어난 나이테만큼

생의 무게를 어깨에 두르고

그리움이 도지는 이 가을에

기억 속 풍경들이 시간 속으로 사라져간다

희망의 언덕

굽은 등에
딱정벌레를 업고
지하철을 빠져나와
숨 가쁘게 고갯길을 오른다

가볍지 않은 발걸음을
숨 고르며 오른 언덕 위엔
그네들만의
젊은 성터가
반가이 서 있다

놓쳐버린 시간
지우려
천사들은 삶의 심지
날마다 돋우며
빛을 향해
쉼 없이 걸어간다

여기

이 언덕엔 수천의 빛깔로 모인

천사들의 영혼을 깨우는

시와 노래가 흐르며

진리가 숨 쉬는

크나큰 배움의 성이 있었다

* 모교 일성여고의 언덕을 기리며

소금의 시간

소금은 짠맛을 간직하고 있다 소금 논에 내리는 햇빛, 바짝 마른 맛들이 동글동글 붙어 있다 어우러지려는 목적을 가진 맛 날아오르는 것이 아닌 빈 곳에 내려앉는 꿈을 가진 맛 밀려 온 바닷물이 그 소금 논에 안착한다

소금 논 둘레에 햇빛과 바람이 공존한다 바닷물을 말리는 학습에 익숙한 맛들 탈피를 꿈꾸는 일에 골몰한 맛들 잠든 맛 을 깨우는 한 철의 주문이 달싹거린다

따갑게 쏟아지는 햇볕과 가볍게 부딪치는 마음에 맛이 스며 들고 있다 바닷물이 주춤거리며 맛의 지능을 재는 일 태양의 정액을 받아들이지 못하면 작심의 화해는 허방이다

맛이 돋아날 때 초산의 진통을 겪으면 자궁에서 사그락 사 그락 소금의 역사는 이어진다 넓은 소금 논은 아직도 넓은 그 대로 늙어가고 어머니 텅 빈 가슴 같은 창고 속에 구름이 수북 하게 쌓인다

가로등

저 남자 좀 봐

옷 벗고

눈비 오는 밤에 횃불 들고 길 밝히네!

꽃이 말한다

꽃이 말한다
모래알같이 많은 사람들 중에
신의 계시 있어 그대를 만난 것도
천생연분이라고 할 수 있다

꽃이 말한다
눈보라 몰아치고 차가운 겨울 길과
비탈진 오르막길도 그대와 같이 걸을 때
아름다운 꽃들의 속삭임과
보슬비의 간지러운 보살핌을 받을 수 있다

꽃이 말한다
푸른 사과 밭에 김매고 두엄 주어
정성 들여 가꾸었더니 금줄이 걸리었다

꽃이 말한다
늦가을 햇살이 창틀에 걸리었고

은빛 설원의 길을 걸어가는 것도

이 모두 그대와 나의 소중한 삶

달이 기울 때 말없이 한쪽 어깨 빌려준다

낙엽의 노래

나무 잎새 주저앉은 산으로 가자
낙엽은 언덕길과 계곡을 덮고 있다

모양새는 쓸쓸하고 빛깔은 정다운
낙엽들이 탯줄 밀어내고 길 위에 누워 있다

해는 서산마루에 걸려 있고
그늘을 비껴가며 옮겨 앉은 새의 발자국

칼바람에 실려 흩어지는 낙엽들의
슬픈 노래 산허리를 훑고 지나간다

그들도 언젠가는 가련한 낙엽처럼
땅속에 묻혀 두엄이 되리라

우리는 보았다

낙엽들이 몸을 녹여 스며드는 것을

내일의 새로운 것으로 움트고 피어날
새것들의 젖줄이 될 것인즉……

민달팽이

그는 언제나 캥거루마냥
어머니 품속에서 달팽이처럼
웅크리고 산다

항상 인터넷 가상공간에서 살고 있다
혼자서는 걸을 수도 없다
엄마의 지팡이에 의지하고 산다

축 처진 어깨 위에 눈이 쌓이는 것도 모르나 보다
참새들의 노랫소리도 듣기 싫은가 보다
달팽이가 되어 집 안에서만 기어다닌다

발뒤축이 닳아질 염려가 없어서 좋겠다

그는
감미로운 집
달콤한 집

똥 같은 집

그는 이런 집이 싫은가 보다

그는 목에 감겨 있는 안존이

목을 조이고 있다는 걸 모르는가 보다

모정이라는

어미 돼지가 아홉 마리의 새끼를 낳았다
어미 돼지는 네 다리를 쭉 뻗고
눈을 껌벅이며 편안히 누워 있다
새끼 아홉 마리는
젖을 서로 먼저 먹으려고 아우성이다
그중 한 놈이
자리를 잡지 못하고
형제 돼지의 등을
징검다리 건너듯이 다니다가 넘어졌다
어미 돼지가 이놈들 하며
큰 소리를 지르며 벌떡 일어섰다
우리를 빙빙 돈다
새끼들은 어미를 따라 아장아장 걸으면서
껑충껑충 뛰기도 하며 따라간다
우리 아이들 유치원 때
선생님 따라 소풍 가던 모습 같다

어미 젖줄이 곧 생명줄인 것

아홉을 품은 모정은 저렇게 크고 넓은 것을……

눈 온 창밖 풍경

화선지처럼 하얗게 쌓인 흰 눈 밟고
학교에 간다
개구쟁이 아이들이
걸어간 발자국
학교까지 긴 묵주를 친다

손자 손녀들이 걸어가는 발자취들이
고리로 연결되어
모두모두 힘차게 커
더 큰 누리로 달려가거라

따스한 창 안엔
화분에 안겨 있던 춘란이
배시시 웃음 지으며
겨울을 녹이고 있다

봄바람

봄내 나뭇가지를 흔들어 꽃눈을 틔워내고 가슴 태우는 순정
이 피어나게 한다

봄바람은 메마른 마음 밭을 촉촉이 적시더니 나뭇잎들은 온
몸을 입술에 빼앗긴 소리의 몸짓

잠든 나뭇가지를 깨우는 한 철의 주문이 달싹거린다 가벼운
흔들림의 마음에도 봄바람이 스며들고 있다

가늠을 주춤거리는 바람의 음율은 바람의 지능을 재는 일
지난겨울 여린 가지에 귓속말로 무엇인가 속삭이고 있었다

목련나무 가지에 걸려 있는 햇살 제 몸 비벼대며 하얀 등불
켜게 하는 봄바람

유월의 바다

북녘의 바다에도
붉은 해는 떠오르는가

고요한 아침의 바다에
몸을 던진 임들을 만난다

유월의 바다에는 꽃잎이 흐른다
바다를 걸으면
얼음의 바다에 닿는다

얼음을 만나면
조국의 땅에서만 더 붉어지는 꽃
말소리 들리지 않고
눕힌 몸 일으켜
유월의 바다에
이 민족 지키며 날리는 깃발을 본다

생목숨 던져 지켰던 땅 위에

바다로 흐르던 꽃들이

어둠을 밀어내고

살아 솟는 태양으로 이 땅을 지킨다

일출

아득한 수평선 위
새벽하늘이 눈을 뜨고
여명이 큰 기지개를 펴고 있는
동해 바다에 갔었지

식어버린 백사장엔
하얗게 부서지는 파도 위에
마음이 젖어드네

우람하게 솟아오르는
붉디붉은 저 불덩어리
물이랑 위에 불 지피고 있었네

겨울 바다에서는

새도
산도

하늘도

눈이 시려 그 빛 속에 잠기네

죽 한 그릇

초가집 정지에서 죽을 끓인다 쌀알보다 쑥이 많았던 죽 생의 터널 속 긴 아쉬움이 생생하다

어머니는 죽 한 그릇 앞에 놓고 어린 자식들 눈망울에 시선을 떨어트리고 파도의 흰 거품으로 불을 밝히고 있다

장독대와 사랑채는 늘 그 자리에 있고 초가지붕 푸른 별빛에 박꽃 희게 흐드러지면 흔들리는 생의 그림자

관절을 삐걱이며 노을 물들어 어둠 내릴 즈음 죽의 태반이 흙이 되고 세월의 무게가 발효된 땅 어둠 속 참았던 눈물을 쏟아낸다

어머니는 폭설과 비바람 속에서 방황하고 흩어진 가슴은 다음 끼니를 생각하며 산 노을에 기댄다

어머니의 답답한 가슴은 연기 없이 타고 불 꺼진 아궁이처럼 까만 그을음이 가슴 가득 차오른다

책, 바람

책에게 이름을 지어주고 싶다 유명한 학자의 이름을 주고 혹은 그를 닮아 공이 지대하라 학자들도 숨을 쉬고 땀을 흘린다 학자들의 숨 쉬는 공기의 알맹이들이 구름을 만들어 바다에 비를 내리고 그 바다에는 고기들이 자전거를 타고 힘차게 달린다

바다에선 고기들을 잡지 않는다 해와 달과 구름 그리고 바람 서로 공존하며 어우러져 바다에다 역사를 쓴다 고기들은 자리를 옮겨가며 배설을 한다

물속에 있던 고기들을 깨우면 아직 눈을 뜨지 못하고 가쁜 숨을 몰아쉬며 책과 바람과 친구들과 함께 글 읽는 소리 온 누리에 등대처럼 길을 밝힌다

씨앗 하나

가슴 한 곳에 얹혀 있는 배움의 생각 널 꺼내보고 닫은 지 오래다

해는 서산에 걸려 있고 그 옛날 꿈 많았던 유년 시절 가졌던 꿈, 매듭의 실타래 풀어도 풀어도 끝이 없다

꿈 –
세월은 화살촉에 실려 날아가고 눈 덮인 머리 노을진 강물 속으로 젖어든다

하늘에 별만큼 많았던 어릴 적 꿈 가슴속 깊이 씨앗 하나로 맺혀 있다

무밥

색 바랜 사진 속에서 고향이라는 이름을 골라낸다 고향 하고 발음하면 옛 생각을 연기하는 배우 같다

무밥 한 그릇이 소반 위에 앉아 있다 돌아보면 흰 무의 무른 살에 스민 뜨거움도 산고처럼 몰려오는 허기를 밀어냈다
무밥 옆에 앉아 있는 양념간장 종지도 그 당시 친한 친구였다

겨울밤은 깊어가고 방 안에 모인 사람들은 배가 출출해지면 텃밭에 묻어둔 무를 꺼내다가 무서리를 하며 배를 채우고 그들의 어깨 위로 바람의 찬 손이 굽은 등뼈에 쌓인 눈과 시간을 쓸고 간다

희망과 꿈을 채워주던 무밥은 주발에 눈처럼 소복하게 담겨 있다

찔레꽃

화사함이 영그는
오월의 계절
한 떨기 찔레꽃으로 서
있고 싶다

여름철 그윽한 찔레꽃 향기
하얗게 핀 꽃송이 하도 어여뻐
남몰래 꺾일까 가슴 타든다

낯선 바람 사이로
조개구름 흘러가면
찔레꽃 피어 있는 그 길
해 저문 노을 서산마루에 붉고

마지막까지 다 사른 향기로
마디마다 아려오는
유년의 생각

어머니

찔레꽃은 외로움에 목이 멘다

담쟁이

붉은 담벽에
초록 융단 펼치고 비상을 한다

식솔들 끌어안고 묵묵히 일상을
다독이는 아름다운 동행을 보라

어머니 모습 같다

아픔의 흔적들 그들은
사랑으로 보듬고
생을 이어간다

코스모스

수직으로 꽂히는
햇살 아래
코스모스는

서로의 손 흔들며
무리 지어 달려와
생의 핏줄 풀어풀어
실바람 부는 강가에
뿌리 내리고 있다

여덟 개의 꽃잎
하늘거리며
삶에 지친 사람들
마음을 달래준다

가슴 열어 부서지듯
흐르는 물결 앞에서
아린 그리움으로
꽃잎을 세고 있다

사랑 속에 보이는 슬픔의 뿌리

류재엽

1

"시란 무엇인가, 어떻게 쓸 것인가"라는 시 창작 방법에 대한 근본적인 물음은 결국 문학의 수련과 관련이 있다. 당초 시는 정서에서부터 비롯된다. 구체적인 사물이나 현상을 보고, 그와 관련된 정서를 표현하면 시가 될 수 있었다. 이런 서정적인 시는 자연발생적이다. 시가 감정의 표현이라는 생각은 동서양 마찬가지이다. 서구에서 "시가 감정의 표현이다" 또는 "감정의 표현이어야 한다"는 생각은 18세기 말 낭만주의 문학의 시작 이후부터 제기되었다. 워즈워스는 시는 "힘찬 감정의 자연스러운 발로여야 한다"고 주장했다. 이후 시는 점차 감정 표현의 힘찬 발로로 나아갔고, 낭만주의 문학의 전성기에 접어들면서 감정의 과다라는 병폐가 생겨났다. 이 무렵 시의 본질은 감정이라고 생각하여 감정이 결여된 글은 시가 아니라 산문이라고 생각했다. 감정은 인간의 희로애락의 심리적 반응을 총칭하는 말로서 시는 본질적으로 시인의 감정에서 출발하여 독자의 감정에서 끝난다. 사랑, 미움, 슬픔, 원망 등 복잡 미묘한 시인의 감정이 시를 통하여 어떻게 전달되며, 시인의 감정과 시에 나타난 감정, 그리고 독자가 받아들이는 감정은 모두가 동일한 것인가 등의 문제는 자주 논란이 되는 현대 비평의 중요 쟁점이다.

그러나 시인에게 요구되는 원숙하고 세련된 감수성은 풍부한 감성에서 얻어지는 것이 아니라 그에 못지않게, 아니 그 이상으로 냉정한 지적인 자세를 필요로 한다. 현대시는 매우 지적이다, 또는 지적 특성을 갖는다고 말했을 때, 이 지적이라는 말은 오해의 소지가 없지 않다. 그것은 추상화하고 개념화하는 지식 작용이 아니라 감정과 대치되는 이지적 정신 기능이기 때문이다. 지성적 시인은 감정에 흔들리지 않고 사물을 분석하고 판단하면서 동시에 부분과 전체의 관계, 역사적, 우주적 의미를 종합적으로 파악하는 힘을 갖는다.

T. S. 엘리엇은 감성과 이성의 통합을 주장하면서, "지성 시인들은 사상을 장미 향기처럼 맡는다"라고 말했고, 예이츠는 "새벽처럼 차고 정열적인 한 편의 시를 쓰고 싶다"라고 말했다.

한편 어른이 되고, 세사에 부대끼면서 서정은 사라지게 마련이다. 서정적인 시는 어느 정도 도식적이다. 시의 형식에 주로 얽매이면서 단순한 서정만을 노래할 뿐이다. 그러나 감상적인 세대에서 벗어나면서 정서는 메말라버리고, 무거운 삶이 하나 가득 우리 앞에 놓이게 된다. 나이가 들어감은 어떤 고정관념과 상식에 안주한다는 뜻이 된다. 시인 박제천은 나이가 들고서도 좋은 시를 쓰기 위해서는 무엇보다 '정신의 자유로움'이 가장 중요하다고 강조한다.

이번에 첫 시집 『앉아서 사는 여자』를 펴내는 최윤희 시인은 시집 권두 「시인의 말」에서 "민둥 텃밭에/고추 씨앗을 심어/김매고 땀 흘려 가꾸었습니다/아직 영글지 못한 풋고추 한 소쿠리/여기 담아 내놓습니다"라고 말한다. 시인은 늦깎이 대학생이고, 늦깎이 시인이다. 그런 시인이 오랜 인고의 세월을 거쳐 빚어낸 작품들이 이 시집에 실려 있다.

목이 얼마나 타면
물속에서
청춘을 보낼까

이슬방울 영롱한
수련 잎 위에
청초한 여인

커다란 생의 바퀴 위에서

— 「수련」 전문

수련(睡蓮)은 더운 여름을 거의 보내고서야 꽃이 핀다. 수련이 피는 곳은 맑은 수변(水邊)이 아니다. 진흙투성이인 감탕에서 즐

겨 꽃을 피운다. 사람은 잘 때 눈꺼풀을 덮지만 꽃들은 잘 때 꽃
잎을 오므린다. 수련은 개화 초기에 흐리거나 해가 지면 꽃을 오
므리고 해가 뜨면 꽃잎을 연다. 어찌 되었든 수련은 열악한 환경
속에서도 가장 아름다운 꽃을 보여준다. "커다란 생의 바퀴"를 돌
고 돌아 비로소 생의 결정체인 아름다운 꽃을 피운다.

시인은 여기에서 수련이 아름다운 꽃을 피우듯 아름다운 시를
피워내고자 자신을 수련(修練)한다. 꽃은 곧 시다. 꽃이 아름답듯
시도 아름답다. 꽃이 열악한 환경을 이기고 결실을 맺는 것처럼
시 역시 인내와 고통의 수련 과정을 거쳐 생산되는 존재이다.

꽃비가 몸을 적셔주면
꽃망울로 움터

잠시 머물다
화사하게 흩어지는
미소

세월의 흔적
살포시 보듬고

두 줄 햇살로
잔잔히 부서지는
꽃비 속에

노랗게 번지는 그리움

그 절제된

　　희열

　　　　　　　　　　—「꽃비」 전문

　시인은 긴 시간을 시의 수련에 힘을 기울였다. 『순수문학』 2012년 4월호를 통해 문단에 데뷔하기까지 오랜 습작기를 거쳤지만, 거기에 만족하지 않고 현재는 대학 문예창작과에 재학하면서 고희를 넘긴 나이에도 시적 수련을 게을리하지 않는다. '꽃비'가 내려 '봄꽃'을 피우듯이 '세월의 흔적'은 완성된 작품으로 나타나 시인에게 '희열'을 가져다준다.

2

　서양에서의 자연은 대체로 모방의 대상, 정복의 대상, 문명의 대타적 개념으로 이해되어왔다. 이와는 달리 동양에서의 전통적 자연 개념은 사물의 본래적인 모습이나 존재 방식을 의미했다. 즉 투쟁과 정복의 대상이 아니라 생명의 원천으로서의 자연을 뜻한다. 그 속에서 인간은 자연의 이법을 이해하고 그 원리에 따라 살아간다. 이와 같이 자아와 대상을 분리시키지 않고 하나로 보려는 시각은 도가는 물론 유가에서도 마찬가지이다. 단지 그 실천 방법이 각각 우주의 본체로서의 무위자연에 대한 탐구와 일상의 실천적 윤리 규범이라는 점에서 차이를 보인다고 할 수 있지만, 그들은 모두 인간과 인간, 인간과 만물, 인간과 도를 분리시키지 않는다. 이러한 시각은 모든 만물에 불성이 있다고 보는 불교의 세계관과도 다르지 않다. 동양 시학의 전통에서 볼 때, 자연시를 산수 자연의 경치를 노래하고 묘사한 시로 정의하는 것은 단순한 관점이다. 동양 시학의 전통은 정서와 풍경을 유기적으로 연결짓는 것을 근간으로 하기 때문이다. 동양의 자연시는 풍경 묘사와 시인의 정서가 조화를 이루며, 자아와 대상이 분리되지 않는 비분리의 시학이다.

최윤희 시인의 작품에는 유난히 계절을 제재로 한 자연시가 많다. 봄과 가을이 주를 이룬다.

봄바람이 볼을 스치고 지나갑니다 추위를 이겨낸 나무들이 바람을 안고 다가옵니다 개천가 둑길에 벚꽃나무 가지 위로 낮달을 끌어다 덮습니다 바람은 졸고 있는 나무를 사정없이 흔들어 깨웁니다

불광천 속 청둥오리들의 사랑이 꽥꽥 하루 종일입니다 빌딩 숲 밖으로 손을 내놓은 나무들 자동차들이 소음을 내며 강 쪽으로 사라집니다

젊은 색시가 아기를 안고 남편을 돌아보며 웃음을 지을 때 아기의 숨소리 귓속으로 스며들며 엄마의 가슴은 가볍게 부풉니다

길섶에 어린 들꽃들이 기지개를 펴는 동안 강을 건넌 햇살은 회색 빌딩 위에서 침묵으로 하루가 편안하였습니다

거짓 없이 쏟아지는 아름다운 햇살 위로 지상에 웃음꽃들
이 수북이 쌓입니다 은빛 금빛 장신구에 색색의 티셔츠 입은
꽃들이 온 누리에 수많은 꽃등 달아주며 봄을 모종 중입니다
— 「봄이 오는 소리」 전문

　도시의 봄을 노래하였다. 시인은 도시의 봄은 단순한 서정이
아니라 겨울이라는 시련을 이겨낸 시간임을 간파한다. "추위를
이겨낸 나무"나 "청둥오리들의 사랑"이 있는 봄인가 하면, "젊은
색시가 아기를 안고 남편을 돌아보며 웃음을 지을 때 아기의 숨
소리 귓속으로 스며들며" 엄마의 가슴을 부풀게 만드는 봄이기
도 하다. 시련 뒤에 오는 희망은 더욱 큰 법이다. 그 희망은 '웃음
꽃'과 '꽃등'으로 구체화된다. 이런 희망은 어느덧 시간이 흘러 허
허한 마음으로 가을을 맞는다.

　강물의 웃음소리 모아주던 바람
　옥수수 밭 깔깔거리고
　국화꽃 머리에 꽂고 가을이 떠다닌다

　저절로 불타오르던 색색의 단풍잎
　비처럼 쏟아지는 가을 끝자락

　는개비 젖은 골에 은빛 억새 목 조아리고
　여울 소리만이 가득할 뿐

　세월의 한 페이지에 낙관을 찍고

방향을 읽고 달려오는 허허한 마음
동백 꽃잎만큼 붉은 꽃수레를 붙들고 있었다

— 「가을 강가에 서서」 전문

가을은 슬픔만을 주는 것은 아니다. 가을은 "세월의 한 페이지
에 낙관"을 찍는 계절이다. '낙관'은 작품이 완성되었을 때 비로
소 작품 한 귀퉁이에 찍는 도장이다. 화자는 가을을 자기 인생의
결실이나 완성과 관련된 계절로 인식한다. 그래서 "방향을 읽고
달려오는 허허한 마음"으로 가을을 맞는다. 곡식이 여물고 과일
이 익어가듯이 다가오는 시간을 의연하게 맞이한다. 생명은 태
어나고 자라고 늙고, 마침내 죽음을 맞이한다. 죽음은 끝이 아니
라 곧 탄생의 새로운 시작이다.

"한 알이 씨가 땅에 떨어져서 썩어야만" 하듯이 자연의 이치는
여기에서 벗어날 수 없다.

칼바람에 실려 흩어지는 낙엽들의
슬픈 노래 산허리를 훑고 지나간다

그들도 언젠가는 가련한 낙엽처럼
땅속에 묻혀 두엄이 되리라

우리는 보았다
낙엽들이 몸을 녹여 스며드는 것을

내일의 새로운 것으로 움트고 피어날

새것들의 젖줄이 될 것인즉……

— 「낙엽의 노래」 부분

시인은 가을바람에 밀려 땅에 떨어지는 "낙엽들이 몸을 녹여 스며드는 것"이 곧 "새것들의 젖줄"이 됨을 알고 있다. 그 인식은 "바람에 출렁이고/가랑잎 스치는 저녁/기진해버린 나무들은/혹한 속에서/봄에게 긴 대롱을 펴서 피를 전한다"(「겨울나무」에서)로 표현된다. 낙엽을 읊은 위의 시에서 시인은 도교와 불교적 인생관을 보여준다. 자연의 이치에 순응하고자 하는 시인의 삶의 태도가 드러난다.

동양에서 자연시의 전통은 넓게 보아 노자와 장자, 혹은 유가의 사상을 그 기원으로 하고 있다. 산수화의 영향을 받은 문인들이 자연의 명산대천을 자각하고 산수를 그리면서 시와 그림의 일체사상(一體思想)을 실천하였다. 이들은 인간이 자연 속에 함께 살면서 자연과 융합하는 은일의 정신을 산수시의 정신으로 보았다. 이러한 산수시의 정신은 인간의 생사와 천지만물의 일체감을 강조하는 장자의 사상에 연결된다.

3

어머니는 우리의 영원한 정신적 고향이다. 많은 시인들이 어머니를 제재로 하고 어머니의 사랑과 희생을 주제로 삼는 경우가 많다. "아버지의 의의는 하나의 배양된 감정이지만 어머니의 의의는 천성불멸(天性不滅)의 것"이라는 말이 있다. 어머니라는 관념 속에는 사랑이라거나 따뜻함을 뜻하기 이전에 절대적인 존재라는 의미가 있다. 생명을 보호해주고 생존의 방법을 일러주는 존재가 바로 어머니이다. 더구나 35세에 남편을 잃고 5남매를 홀로 키워낸 어머니에 대한 그리움은 인고와 슬픔으로 대변된다.

남편을 동해 바다에 묻고
삼십오 세 어머니는
오 남매를 데리고
따뜻한 남쪽 땅에 왔다

자식들 등에 업고
태풍과 비바람 맞으며
흘린 눈물의 무게만큼
한숨으로 주름진 날들
생의 끈 놓을 수 없었던
어머니

아픈 세월
홀로 버틴 어머니의 삶
꽃잎처럼 풀어놓고
고향 가까운 동해 바다에서
한 줌의 재로
파도 타고 너울너울
멀어져갔다

슬픈 생 가지런히 빗기신
가르마 곱던 어머니
몽매 그리던 임의 품에
사뿐히 안겨 가셨다

— 「어머니의 바다」 전문

바다에서 남편을 잃은 어머니 역시 바다로 가셨다. 아버지는
고향의 바다에서 생을 마감했다. 우리 누구나의 어머니가 그렇듯
이 화자의 어머니도 눈물과 인고의 삶을 살았다. 남편도 없이 5남
매를 키워내느라 한숨으로 주름진 세월을 살다 가셨다. 마침내
어머니는 한 줌의 재가 되어 바다에 뿌려졌다. 아버지와 어머니
는 죽어서 동해 바다에서 만났다. 바다는 생명의 근원이다. 두 분
은 죽어서 동해 바다에서 만났지만, 그들의 생명의 씨앗은 오롯
이 5남매에게 이어지고 있다. 화자에게 바다는 또 다른 고향이다.

그런 어머니에 대한 기억은 할미꽃이라는 구체물을 통해 선연
히 드러난다. 할미꽃 전설은 자식을 위해 희생한 넋을 위로하기
위해 창작되었다. 누구나 할미꽃의 이미지를 떠올리면 어머니의
희생을 생각한다.

눈여겨보는 이 없는
언덕에 앉아
기다림의 시간을
겹겹이 펼쳐놓고
행여나 오려나

사립문 열어놓고
멀리 떠난 자식들
키 큰 산 그림자
어둠에 묻힐 때까지
손꼽아 기다리던
등 굽은 나의 어머니

희뿌연 유리창에
일렁이는 그림자
동백 꽃잎만큼
붉은 노을에 젖어 있다

수수하게 박혀 있는
한 폭의 수묵화 속
어머니 닮은 꽃 두어 송이

— 「할미꽃」 부분

"사립문 열어놓고/멀리 떠난 자식들/키 큰 산 그림자/어둠에 묻힐 때까지/손꼽아 기다리던/등 굽은 나의 어머니"는 화자에게 "수수하게 박혀 있는/한 폭의 수묵화 속"의 두어 송이 할미꽃을 닮았다. 화자의 슬픔은 할미꽃에 투사되고, 할미꽃은 어머니의 이미지로 다가온다. 할미꽃은 어머니의 모습을 닮았다. 허리가 굽고 흰 머리카락을 연상시키는 솜털이 나 있다. 인간화 은유의 본보기이다. 그리고 그것은 추상적인 게 아니라 구체적이다. 그러나 아주 상식적인 은유이다.

눈을 감으면 언제나 당신이 걸어옵니다 내 얼굴 내가 볼 수
없어 거울을 보듯 무수한 시간 한 자세로 묵묵히 서 있는 당신
모습에서 어머니를 봅니다

햇병아리 솜털도 마르기 전 가난의 낚시에 걸려 기진한 모
습 당신이 더 많이 간직하고 있지요 긴 그리움으로 침묵하며
기도하는 당신 보고픈 마음 밀어내는 시간 너무 길었습니다

찔레꽃 논두렁에 봄 불태우면 새순 잘라 먹으며 허기 채우
던 날 길을 찾아 떠난 타향에서 천둥 번개 몰아치고 폭설이 나
려 발목을 잡을 때도 당신은 언제나 내 곁에 있었습니다

어디서나 그리워하며 생이라는 그릇 안에 흔들리지 않은
기억들이 넘실댑니다

─「고향」 전문

어머니의 이미지는 고향과 같다. 내가 태어나고 자란 곳이 고
향이다. 그러나 고향은 언제나 푸근한 곳이지만, 화자에게는 가
난과 허기의 기억이 가득하다. 젊은 나이에 홀로된 어머니는 "가
난의 낚시에 걸려 기진한 모습"을 간직하고 있었다. 그러면서도
"긴 그리움으로 침묵하며 기도하는 어머니"를 자식들이 보고 싶
어 하고 그리워하는 것은 오히려 당연하다. 보고픈 마음은 언제
나 가슴에 넘쳐났고, '천둥'과 '번개'와 '폭설'도 어머니께로 향하
는 마음을 가로막을 수는 없었다.

4

최윤희는 사랑의 시인이다. 시집 곳곳에서 사랑이 넘쳐나고

있다. 다음은 이번 시집의 표제작이다. 시인은 표제작에서도 사랑을 말하고 있다. 이로 미루어보아 시인이 이 시집에서 보여주고 싶은 작품의 공통적인 주제는 사랑이다. 그것은 이웃, 가족, 고향, 삶, 자연 등 모든 대상에 걸쳐 있다. 먼저 가난한 이웃에 대한 사랑의 마음이다.

오늘도 헐거운 하루를
장바닥에 앉아 남새를 파는 여자
고사리 도라지 냉이 달래 펼쳐놓고
오가는 사람들에게 눈웃음 지으며 손을 쉴 새 없이
움직이는 그 손끝에는 시금치의 떡잎이
떨어지고 파란 잎이 춤을 춘다

젊은 아낙이 다정한 목소리로
아주머니 고사리 한 근 주세요
갈꾸리 같은 손으로
봉지에 고사리 넣어 저울에 달아주며
많이 준 거여
엷은 미소 짓는 눈가에 노을이 탄다

해질녘 땅거미 장바닥에 내리면
푸성귀 속에 쏟아버린 하루를 툭툭 털어내고
삭신이 쑤시는 무거운 다리를 한 발 한 발 옮기며
집으로 가는 발걸음이 무겁다

그러나

또
내일이면 새파란 푸성귀 속으로 걸어 나올
그녀는
앉아서 사는 여자

　　　　　　　　　　— 「앉아서 사는 여자」 전문

　재래시장에서 좌판을 하는 아주머니를 제재로 한 작품이다. 그 아주머니는 고사리 도라지 냉이 달래 따위의 푸성귀를 팔고 있다. 그 아주머니는 "갈꾸리 같은 손"을 하고 있고, 저녁이면 "삭신이 쑤시는 무거운 발걸음"으로 집으로 향한다. 재래시장은 "주름진 할머니 야윈 웃음/썰물 빠져나간 바다처럼/뼛속까지 숭숭히 파고드는/시린 찬바람만이"(「재래시장」에서) 서성이고 있는 장소이다. 또 "세월에 밀리고/생의 무게에 묻혀/자꾸만 빛에서 멀어지기만 한"(「재래시장」에서) 곳이기도 하다. 그렇다 할지라도 그녀는 "입가에 엷은 미소"를 지으며 "내일이면 새파란 푸성귀 속으로 걸어 나올" 것이다. 우리는 여기에서 시인의 따뜻한 시선을 찾을 수 있다. 시인은 휴머니스트이다.
　다음 작품은 가족의 사랑을 그린 작품이다.

　　그대와 함께 손 꼭 잡고
　　두 사람 서로 같이 물길을 튼다

　　그대가 슬퍼지면 가슴이 메어지고
　　기뻐서 출렁이면 맑게 빛나는 물살같이

따뜻한 시선과 평화스런 얼굴 위로
또 하나 무지개를 그린다

품 안의 혈육들은
강물 따라 제가끔 성장하여
또 다른 가족을 이루고
그 웃음소리 강 저편에서 들려온다

어색하게 열린 물길은 맑고 출렁이지만
물을 보내고 물을 맞으면서
두 손 꼭 잡고
흔들리지 않은 너희들의
뒷모습을 보고 믿음을 보낸다

— 「강물」 부분

시인의 가족 사랑은 유별할 수밖에 없다. 일찍이 아버지를 여의고 애어른이 된 시인은 성장하면서 외로웠을 것이다. 어른이 되어 짝을 만나 자식을 낳고, 그 자식에게만은 자신의 외로움을 다시 겪게 하고 싶지 않다. "그대와 함께 손 꼭 잡고/두 사람 서로 같이 물길을 튼다"가 그것을 말해준다. 그 결과 "품 안의 혈육들은/강물 따라 제가끔 성장하여/또 다른 가족을 이루고/그 웃음소리 강 저편에서 들려"오게 만들고자 한다.

봄꽃 지는 어느 날
어지럽게 떨어지는 꽃잎처럼

뒤도 돌아보지 않고 황망히 떠난
너를 불러본다

무엇이 그리 급했던지
제 어린 자식 매몰차게 남겨놓고
숨도 차지 않은 듯 언덕을
사뿐사뿐 떠나버린 너

이제 네가 떠난 빈자리
봄꽃은 여전히 피어 웃고
상처 난 곳마다
채워져가는 새살들
시간은 그렇게 흘러가고 있지만
너를 향한 그리움은
제자리 지키지 못한 채
오늘도
목을 길게 늘인
석상이 된다

— 「순아」 전문

　여기에 나타난 '순'은 아마 일찍 세상을 떠난 자식인 듯하다.
아니면 친척이라도 관계없고, 이웃이라도 상관없다. 자식을 남
겨두고 먼저 세상을 등진 어미가 시적 대상이다. '순'은 "봄꽃 지
는 어느 날/어지럽게 떨어지는 꽃잎처럼/뒤도 돌아보지 않고 황
망히 떠난" 사람이다. '순'은 "떨어진 꽃"으로 표현된다. 이 역시
메타포에 속한다.

엘리엇의 시론에 의하면 시인은 감정의 동가물을 제시하여야한다. 메타포는 그 동가물을 가리킨다. 메타포 안에서 이성과 감성은 통합된다. 그러니까 결국 시는 메타포의 문제에 귀착되고, 엘리엇의 영향하에서 벗어나지 못하는 현대 시론에선 메타포가주요한 비평 기준이 된다. 시는 시인이 자신의 주관적인 감정을스타일로 만들어내는 과정에서 열매를 맺는다. 그 만들어내는과정은 뜨거운 감정에 대한 차디찬 지성의 싸움이다. 시인은 검증하고, 분석하고 반성하는 지적 작업을 통하여 감정을 메타포로 바꾸어놓는다.

꽃이 말한다
모래알같이 많은 사람들 중에
신의 계시 있어 그대를 만난 것도
천생연분이라고 할 수 있다

꽃이 말한다
눈보라 몰아치고 차가운 겨울 길과
비탈진 오르막길도 그대와 같이 걸을 때
아름다운 꽃들의 속삭임과
보슬비의 간지러운 보살핌을 받을 수 있다

꽃이 말한다
푸른 사과 밭에 김매고 두엄 주어
정성 들여 가꾸었더니 금줄이 걸리었다

꽃이 말한다
늦가을 햇살이 창틀에 걸리었고
은빛 설원의 길을 걸어가는 것도
이 모두 그대와 나의 소중한 삶
달이 기울 때 말없이 한쪽 어깨 빌려준다
— 「꽃이 말한다」 전문

　식물의 경우 꽃은 생명의 절정이다. 여기에서 말하는 '꽃'은 다만 아름다움만을 우리에게 던져주는 존재는 아니다. 꽃은 신을 대신한다. "모래알같이 많은 사람들 중에" 그대를 만난 것은 신의 계시가 있었기 때문인데, 이를 말해주는 것이 바로 꽃이다. "비탈진 오르막길도 그대와 같이 걸을 때"도 꽃의 보살핌이 있었다. "비탈진 오르막길도 그대와 같이" 걸을 때 나에게 삶의 소중함을 일깨워준 것도 바로 꽃이다. 꽃은 화자에게 끊임없이 삶의 아름다움을 말해준다. 이는 시인이 누구보다 시를 사랑하고, 어머니를 사랑하고, 이웃을 보듬으며 올바른 삶을 지키고자 하는가를 말해준다. 최윤희는 사랑의 시인이다. 그의 시집은 사랑의 시편들로 가득하다. 그리고 그 속에는 슬픔의 뿌리가 있다.

柳在燁 | 문학평론가

앉아서 사는 여자

최 윤 희 시집